S-1

VERDI

ESCRITO E ILUSTRADO POR

JANELL CANNON

EDITORIAL JUVENTUD
Barcelona

Mi especial agradecimiento a :

Clay Garrett, herpetólogo del zoo de Dallas
desde hace diez años y director de la revista *Vivarium*.

᪉

Robert Brock, responsable del terrario
del zoo de San Diego.

᪉

Karen Weller-Watson, «palabróloga»

© 1997 by Janell Cannon
Todos los derechos reservados
Edición original de Harcourt Brace & Company
Los derechos de la traducción española fueron negociados
con la agente literaria Sandra Dijkstra
© de la traducción española:
EDITORIAL JUVENTUD, S. A., 1997
Provença, 101 - 08029 Barcelona
info@editorialjuventud.es
www.editorialjuventud.com
Traducción de Herminia Dauer
Séptima edición, 2006
ISBN 84-261-3041-0
Depósito legal: B. 37.238-2006
Núm. de edición de E. J.: 10.851
Impreso en España - Printed in Spain
Ediprint, Llobregat, 36 - 08291 Ripollet (Barcelona)

En una pequeña isla tropical, el sol asomaba por encima de la húmeda selva. Una mamá pitón enviaba a sus crías al bosque, como hacen todas las madres pitones.

–¡Creced y haceos verdes! Tan verdes como las hojas de los árboles –dijo a sus pequeños hijos amarillos mientras se dispersaban alegremente entre los árboles.

Verdi, en cambio, vaciló. Con orgullo contemplaba su reluciente piel amarilla. Sobre todo le gustaban los llamativos dibujos que zigzagueaban por su espalda. «¿Para qué tanta prisa en crecer y volverse verde?», se preguntó.

Quizá pudiesen explicárselo algunas de las serpientes más mayores que había en la selva. Verdi se aventuró hacia las copas de los árboles en su busca.

Morelia, Silba y Ribete dormitaban en unas ramas cercanas. La pequeña pitón miraba con atención aquellos cuerpos verdes colgantes.

–No es de buena educación mirar fijamente a alguien –la riñó Silba.

Morelia eructó y gimió :

–Me costó casi cuatro semanas digerir el último lagarto. Desde luego me gustan, pero yo no les gusto a ellos.

–¿Por qué no les gustas a los lagartos? –preguntó Verdi.

–No interrumpas –la regañó Morelia.

–¡Ay de mí! –gimoteaba Silba–. Si no mudo pronto la piel, el picor me volverá loca.

Verdi daba golpecitos con la cola mientras esperaba poder hablar.

–¡Quieta, Verdi! Me pones nerviosa –se quejó Ribete–. Además, nunca llegarás a ser realmente verde si siempre interrumpes y no dejas de moverte.

Lo cierto era que Verdi no tenía tanta prisa en ser como aquellas pitones. Ella quería conservar sus vistosos dibujos.

Y se alejó de allí esperando encontrar serpientes menos aburridas.

Dormilona roncaba en un árbol, a poca distancia de las otras.

–¡Hola! –dijo Verdi–. ¿Te apetece trepar por los troncos conmigo?

–Estoy cansada –rezongó Dormilona–. Piérdete un rato por la selva, ¿quieres?

Verdi se acabó de desanimar. Las serpientes verdes no eran sólo perezosas y aburridas; además eran groseras.

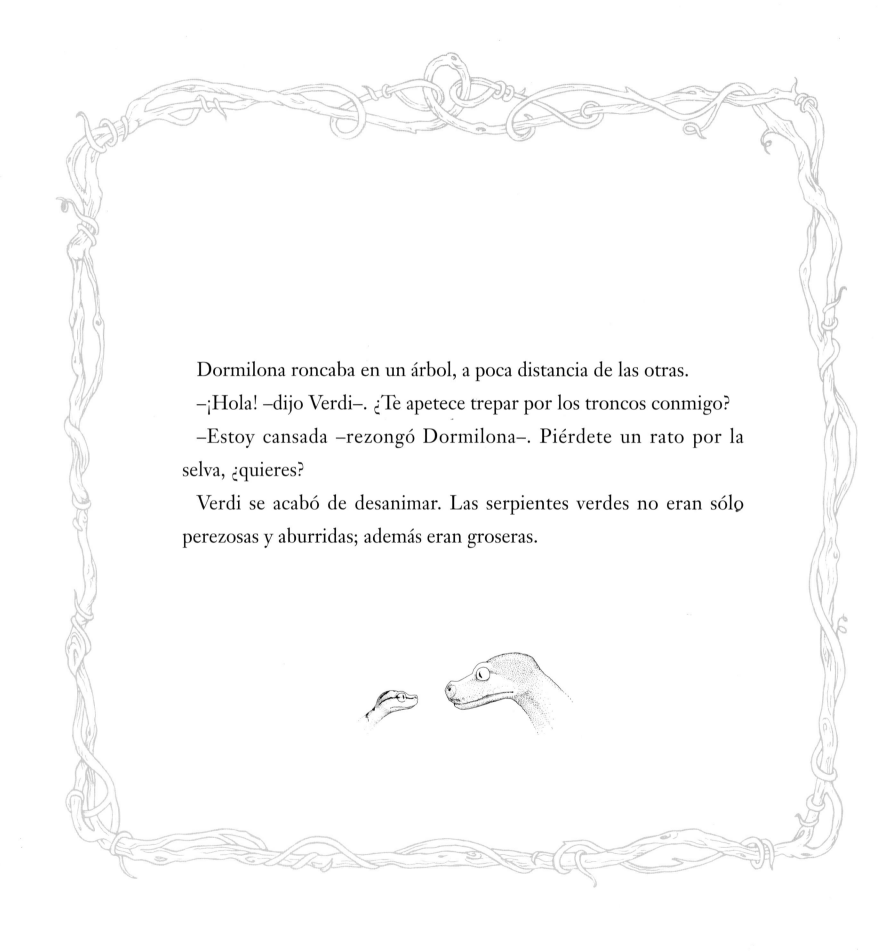

En la copa de un árbol muy alto, Verdi se agarró a una rama con la cola y a otra con su pequeña boca. «Yo no quiero ser así. Nunca seré perezosa, aburrida ni verde –pensó–. Saltaré y treparé y me moveré tan de prisa que siempre seré amarilla y rayada.»

Entonces se soltó…

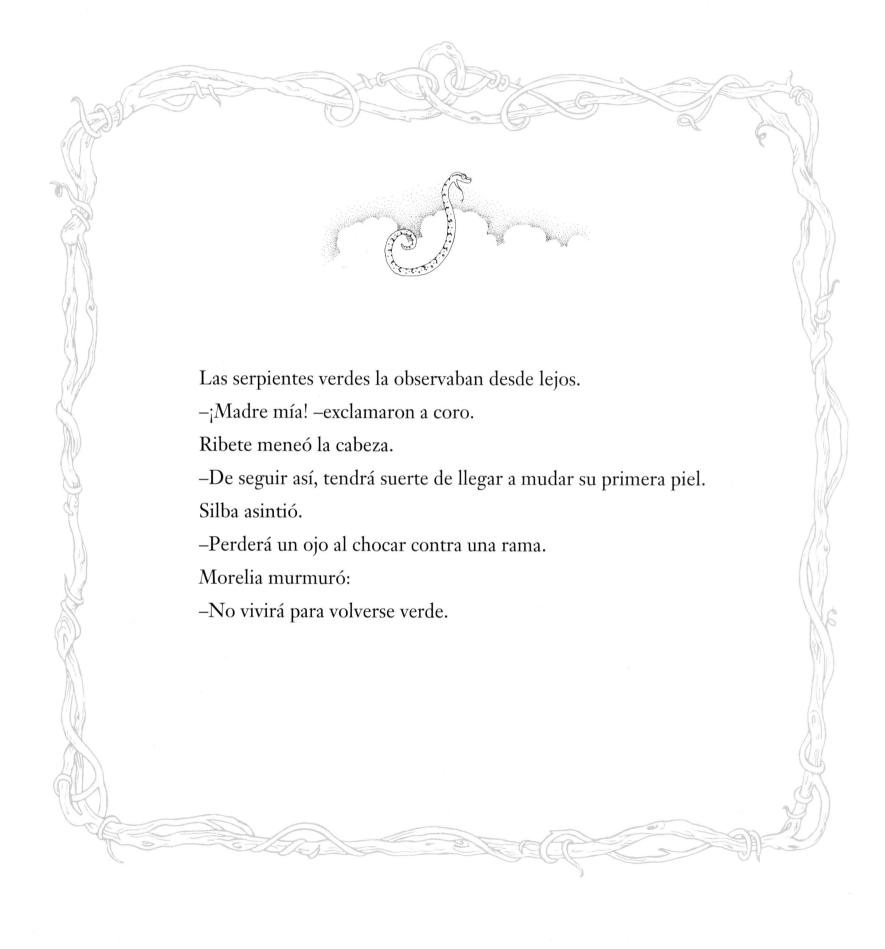

Las serpientes verdes la observaban desde lejos.

–¡Madre mía! –exclamaron a coro.

Ribete meneó la cabeza.

–De seguir así, tendrá suerte de llegar a mudar su primera piel.

Silba asintió.

–Perderá un ojo al chocar contra una rama.

Morelia murmuró:

–No vivirá para volverse verde.

Pero un día, la piel de Verdi empezó a pelarse y fue apareciendo una pálida raya verde que se extendía a lo largo de todo su cuerpo.

–¡Caramba! –exclamó–. ¿Y esto cómo puede ser? ¡Soy la serpiente más veloz de la selva y, sin embargo, me vuelvo verde!

Se deslizó rápidamente hacia el río y se llenó la boca de ásperas hojas.

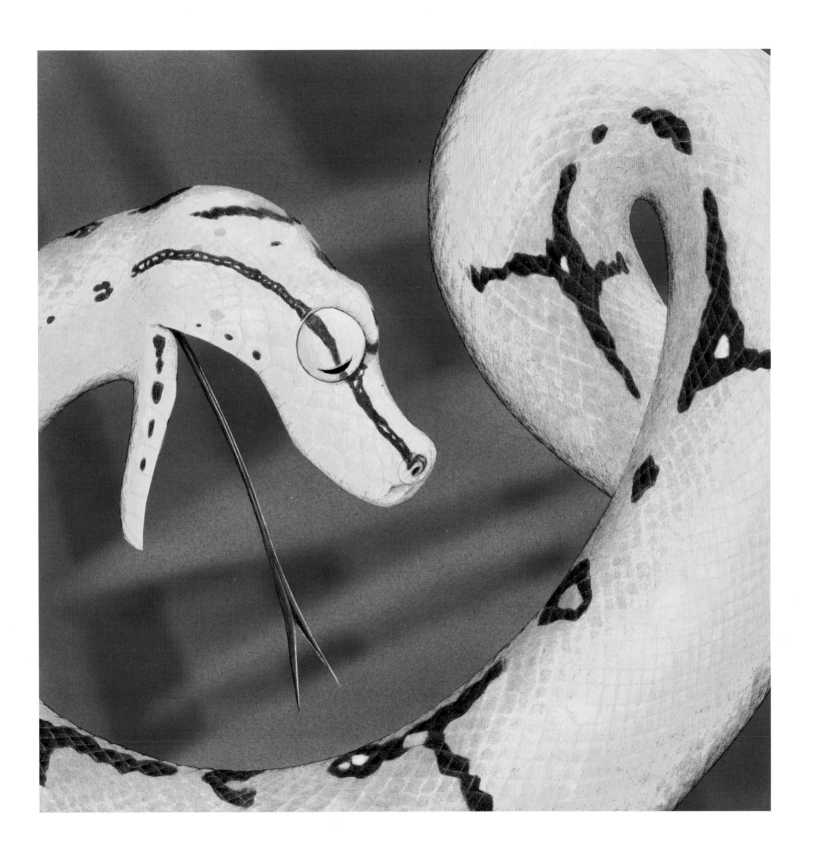

Verdi se lanzó al agua. «Si no se me va este color verde con el agua, lo intentaré frotándome la piel con las hojas», pensó.

Sus frenéticos movimientos llamaron la atención de un enorme siluro que surcaba las turbias profundidades.

–¡Humm! –hizo el viejo pez–. ¡Qué rico almuerzo!

Antes de que el pez pudiera atrapar a Verdi, la asustada serpiente le mordió en la nariz.

¡Achum! Con un soplido de sus pegajosos labios, el gran pez estornudó lanzando a Verdi por los aires.

Al caer sobre la orilla, la serpiente quedó fuera de su alcance.

–¡Uf, qué cerca estuvo! –jadeó Verdi. Cada centímetro de su cuerpo estaba cubierto de barro húmedo y viscoso–. ¡Vaya! Parezco marrón y encima llena de bultos. ¡Bueno, mejor esto que ser verde!

Así que se dejó el barro.

Pero la blanda capa de barro se secó y se convirtió en una dura cáscara gris. Verdi apenas podía moverse. Al menor gesto, esa envoltura se agrietaba y saltaba. Verdi miraba cómo se desprendía cada trozo y aparecía su piel, más verde que antes.

–¡Esto es horrible! –exclamó. Ya se imaginaba colgada de una rama en lánguidos anillos, con picores, quejándose y preocupándose todo el día como las viejas serpientes verdes.

Luego miró al cielo, donde brillaba un espléndido sol amarillo, el mismo color que ella tenía antes. Entonces tiró de una enredadera para desplazarse hasta la cima del árbol.

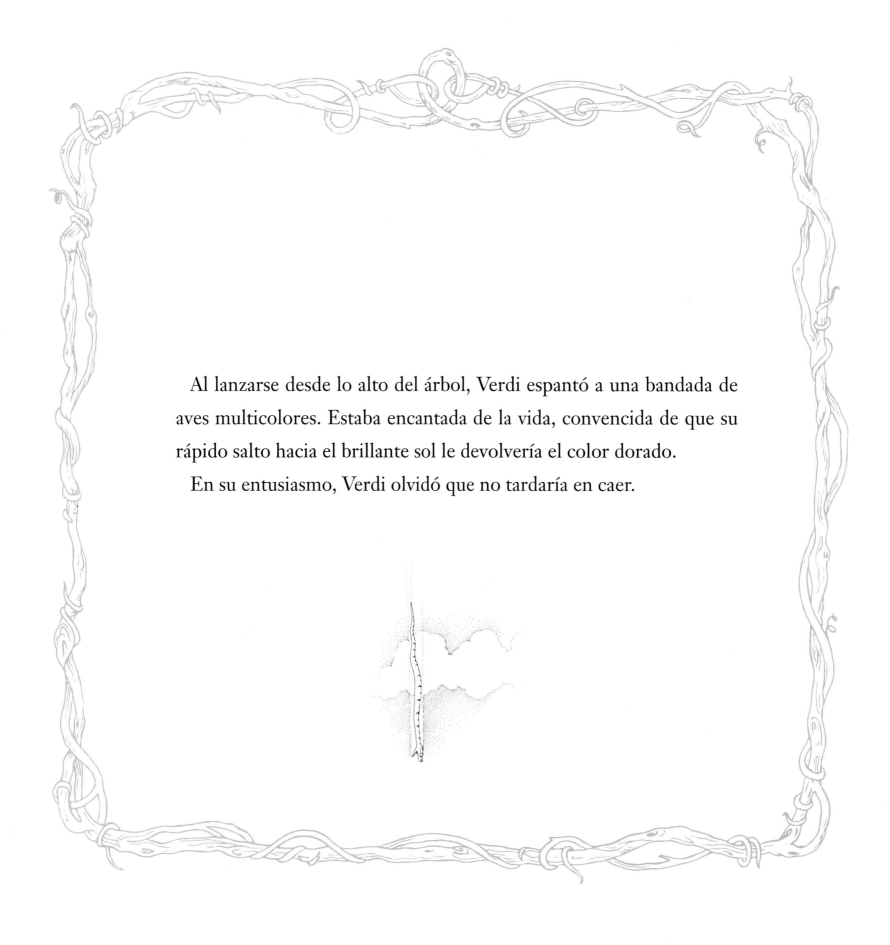

Al lanzarse desde lo alto del árbol, Verdi espantó a una bandada de aves multicolores. Estaba encantada de la vida, convencida de que su rápido salto hacia el brillante sol le devolvería el color dorado.

En su entusiasmo, Verdi olvidó que no tardaría en caer.

¡Cataplum! Verdi cayó a plomo entre los árboles y se estrelló sobre un tronco caído.

No podía moverse.

–¡Socorro!… –musitó.

Como de costumbre, las pitones verdes habían estado contemplando las travesuras de Verdi, y en seguida acudieron en su ayuda.

–Ya sabíamos que acabaría así –dijo Morelia, meneando la cabeza.

Silba suspiró.

–Menos mal que todavía conserva los dos ojos.

Y con cuidado trasladaron a Verdi a un lugar más seguro, donde pudieran cuidarla hasta que sanara.

Bien sujeta a una rama, Verdi no podía hacer otra cosa que escuchar lo que decían las serpientes verdes.

–¿Recordáis cómo me arrastraba por el suelo de la selva? –preguntó Ribete.

–¡Como un relámpago! –contestó Silba–. Y yo subía a gigantescos árboles como si no fuesen nada. Y eso que antes eran más altos.

–¡Huy, y los animales que yo me atrevía a acorralar y engullir! –fanfarroneó Morelia–. ¡Ni un jabalí podía conmigo!

Verdi estaba atónita:

–¿Vosotras corríais y trepabais y cazabais jabalíes? ¿Y qué pasó?

–Ribete se estrelló, como tú –respondió Silba–. Yo tuve una terrible caída y por poco pierdo un ojo, y la vieja Morelia estuvo a punto de morir atragantada. Ahora, todas preferimos una vida tranquila. Un sitio calentito, un poco de sol y, de vez en cuando, un rico bocado.

Las serpientes verdes siguieron hablando de sus días de gloria, y Verdi se acomodó en su rama.

Por fin, una tarde, Morelia dijo:

–Creo que ya estás en condiciones de moverte.

Y con cuidado desató a Verdi de la rama.

–Puedes venir con nosotras cuando quieras –propuso Silba.

Ribete estuvo de acuerdo.

Las tres serpientes verdes se deslizaron en silencio por la selva.

Verdi no estaba preparada para irse con ellas. Aún no sabía qué quería hacer, de modo que se quedó allí y aguardó a que el sol se pusiera, atenta al despertar de la selva.

Pasó el tiempo. El sol y la luna se turnaban en el cielo. A Verdi le extrañó que la luna llena se hiciera más delgada cada noche. Después la vio crecer de nuevo, lentamente. ¿Cómo no lo había notado antes?

Verdi llegó a ser tan verde que se confundía perfectamente con las hojas de los árboles. Permanecía tan quieta, que otros animales se movían por su lado sin verla.

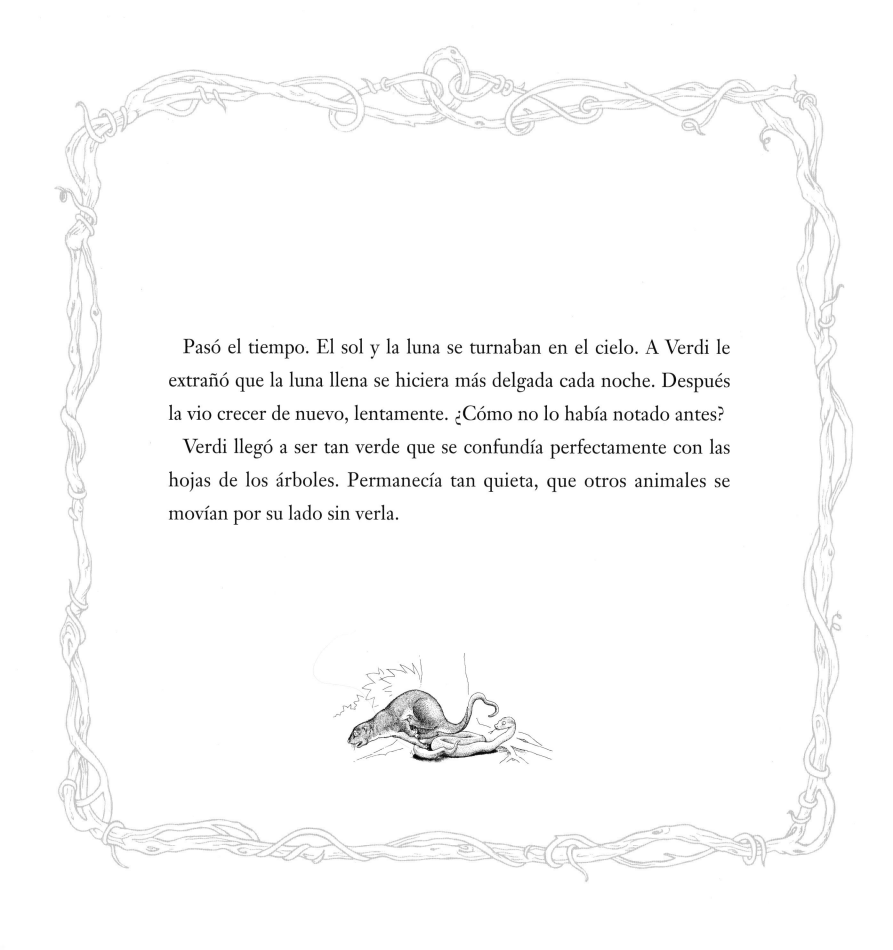

Una bonita mañana, cuando Verdi tomaba tranquilamente el sol, se le acercaron dos pequeñas serpientes amarillas que la miraron pasmadas.

–¡Fíjate en esa pitón verde! –susurró una de ellas–. ¿Crees que se mueve alguna vez?

La otra esbozó una risita.

–Lo dudo mucho –contestó.

«Son como era yo –pensó Verdi–. Y ahora soy lo que tanto temía llegar a ser…» Contempló su grueso cuerpo verde y al fin sonrió.

–¿Os gustaría subir a los árboles conmigo? –preguntó.

–¿Contigo? –Las serpientes amarillas estaban asombradas.

–Incluso podría enseñaros a hacer el ocho –dijo, aunque le daba un poco de miedo perder un ojo.

Con un poco de práctica, las tres serpientes llegaron a formar un perfecto triple ocho.

Venga a saltar y hacer lazos con sus pequeñas amigas rayadas, Verdi reía y pensaba :

–Por grande y muy verde que sea, todavía soy yo.

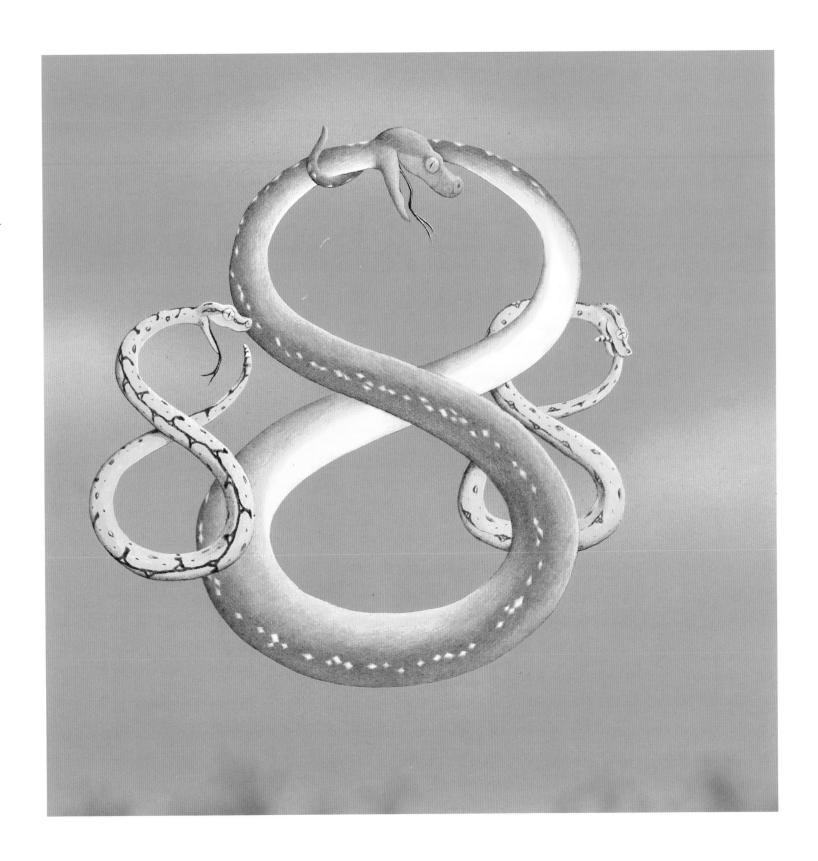

NOTA SOBRE LAS SERPIENTES

EXISTEN UNAS 2.500 especies de serpientes. Desde las diminutas serpientes que no alcanzan los diez centímetros de largo hasta las gigantescas pitones reticuladas que pueden llegar a medir más de diez metros, las serpientes pueblan todas las partes del mundo con excepción de Irlanda, Islandia, Nueva Zelanda y las regiones polares.

La piel de una serpiente es seca –no viscosa como mucha gente cree– y las escamas son duras. Según la especie de la serpiente, sus escamas pueden ser relucientes y suaves o muy ásperas. Algunas serpientes pulen sus escamas frotándolas con una secreción oleosa que produce una glándula situada junto a la nariz. Muchas serpientes ven muy bien, pero otras son ciegas. En su mayoría utilizan las ventanas de la nariz para percibir los olores. Los ofidios se sirven de un oído interno, así como de otros sensores de sus cuerpos para detectar vibraciones a su alrededor. Ciertas serpientes tienen en la cara unos hoyos detectores del calor, que les ayudan a cazar en la oscuridad. Todos estos animales confían en sus delicadas lenguas bífidas, que al salir disparadas recogen componentes químicos de todo lo que tocan. Al retirarse la lengua, pasa por el órgano de Jacobson situado en el techo del paladar de la serpiente. Este órgano procesa los componentes químicos y proporciona a la serpiente importante información sobre su entorno.

Las serpientes son carnívoras, lo que significa que se alimentan de animales. Pueden comer insectos, reptiles (incluso otras serpientes), peces, huevos, pájaros y roedores. Algunas de las grandes serpientes llegan a engullir animales del tamaño de un venado. Muchos tipos de serpientes pueden pasar meses sin comer.

Aproximadamente un veinticinco por ciento de las serpientes del mundo son venenosas. Su veneno sirve para paralizar rápidamente a la presa y como defensa propia. Aunque, en su mayoría, las serpientes prefieren huir que luchar, es prudente observarlas desde cierta distancia. Estos reptiles, con frecuencia asustadizos, apreciarán vuestro respeto. Entre los muchos tipos de serpientes no venenosas figura la familia de los ofidios gigantes, los boideos, que incluye todas las pitones y las boas. Así como las boas son ovovivíparas, o sea que sus crías nacen ya totalmente formadas, las pitones son ovíparas, lo que significa que ponen huevos. Las madres de la especie pitón verde de los árboles *(Morelia viridis)* protegen sus huevos hasta el momento de la eclosión, durante casi dos meses. Una vez nacidas, las pequeñas pitones ya son independientes. Su color puede variar de un oscuro pardo rojizo a un brillante tono amarillo. De unos veinte centímetros cuando salen del huevo, pronto alcanzan casi un metro ochenta. Al cabo de varias mudas, su piel adquiere el vivo color verde de una serpiente adulta.

Las pitones jóvenes comen insectos y pequeños lagartos, utilizando hábiles técnicas para atraparlos, tales como agitar la punta de la cola, como si fuera un gusano, para atraer a la víctima y lanzarse sobre ella.

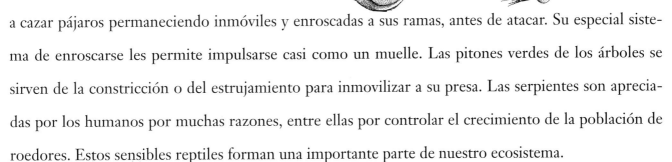

Las serpientes adultas aprenden a cazar pájaros permaneciendo inmóviles y enroscadas a sus ramas, antes de atacar. Su especial sistema de enroscarse les permite impulsarse casi como un muelle. Las pitones verdes de los árboles se sirven de la constricción o del estrujamiento para inmovilizar a su presa. Las serpientes son apreciadas por los humanos por muchas razones, entre ellas por controlar el crecimiento de la población de roedores. Estos sensibles reptiles forman una importante parte de nuestro ecosistema.

Las ilustraciones de este libro
se realizaron con pinceles Prismacolor
y pintura acrílica Liquitex
sobre cartulina